JN127114

石垣りん詩集

表札

童話屋

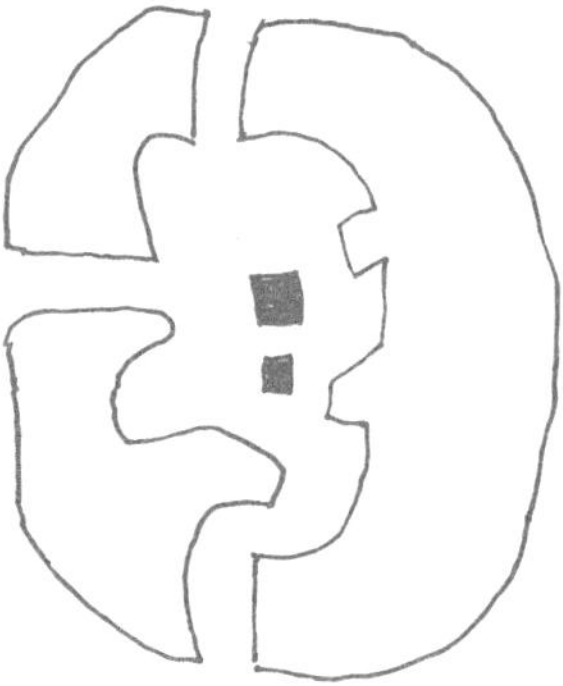

目次

装幀・画　島田光雄

石垣りん詩集　表札

表札

自分の住むところには
自分で表札を出すにかぎる。

自分の寝泊りする場所に
他人がかけてくれる表札は
いつもろくなことはない。

病院へ入院したら
病室の名札には石垣りん様と
様が付いた。

旅館に泊っても
部屋の外に名前は出ないが
やがて焼場の罐《かま》にはいると
とじた扉の上に
石垣りん殿と札が下がるだろう
そのとき私がこばめるか？

様も
殿も
付いてはいけない、

自分の住む所には
自分の手で表札をかけるに限る。

精神の在り場所も
ハタから表札をかけられてはならない
石垣りん
それでよい。

雪崩のとき

人は
その時が来たのだ、という
雪崩のおこるのは
雪崩の季節がきたため　と。

武装を捨てた頃の
あの永世の誓いや心の平静
世界の国々の権力や争いをそとにした
つつましい民族の冬ごもりは
色々な不自由があっても
また良いものであった。

平和
永遠の平和
平和一色の銀世界
そうだ、平和という言葉が
この狭くなった日本の国土に

粉雪のように舞い
どっさり降り積っていた。

私は破れた靴下を繕い
編物などしながら時々手を休め
外を眺めたものだ
そして　ほっ、とする
ここにはもう爆弾の炸裂も火の色もない
世界に覇を競う国に住むより
このほうが私の生きかたに合っている
と考えたりした。

それも過ぎてみれば束の間で
まだととのえた焚木もきれぬまに
人はざわめき出し
その時が来た、という
季節にはさからえないのだ、と。

雪はとうに降りやんでしまった、

降り積った雪の下には
もうちいさく　野心や、いつわりや
欲望の芽がかくされていて
〃すべてがそうなってきたのだから

仕方がない〟というひとつの言葉が
遠い嶺のあたりでころげ出すと
もう他の雪をさそって
しかたがない、しかたがない
しかたがない
と、落ちてくる。

ああ　あの雪崩、
あの言葉の
だんだん勢いづき
次第に拡がってくるのが
それが近づいてくるのが

私にはきこえる
私にはきこえる。

（一九五一・一）

挨拶

——原爆の写真によせて

あ、
この焼けただれた顔は
一九四五年八月六日
その時広島にいた人
二五万の焼けただれのひとつ

すでに此の世にないもの
とはいえ

友よ
向き合った互の顔を
も一度見直そう
戦火の跡もとどめぬ
すこやかな今日の顔
すがすがしい朝の顔を

その顔の中に明日の表情をさがすとき
私はりつぜんとするのだ

地球が原爆を数百個所持して
生と死のきわどい淵を歩くとき
なぜそんなにも安らかに
あなたは美しいのか

しずかに耳を澄ませ
何かが近づいてきはしないか
見きわめなければならないものは目の前に
えり分けなければならないものは
手の中にある
午前八時一五分は

毎朝やってくる
一九四五年八月六日の朝
一瞬にして死んだ二五万人の人すべて
いま在る
あなたの如く　私の如く
やすらかに　美しく　油断していた。

（一九五二・八）

弔詞

職場新聞に掲載された一〇五名の
戦没者名簿に寄せて

ここに書かれたひとつの名前から、ひとりの人が立ちあがる。

ああ　あなたでしたね。
あなたも死んだのでしたね。

活字にすれば四つか五つ。その向こうにあるひとつのいのち。
悲惨にとじられたひとりの人生。

たとえば海老原寿美子さん。長身で陽気な若い女性。一九四五年三月十日の大空襲に、母親と抱き合って、ドブの中で死んでいた、私の仲間。

あなたはいま、
どのような眠りを、
眠っているだろうか。
そして私はどのように、さめているというのか？

死者の記憶が遠ざかるとき、
同じ速度で、死は私たちに近づく。

戦争が終って二十年。もうここに並んだ死者たちのことを、
覚えている人も職場に少ない。

死者は静かに立ちあがる。
さみしい笑顔で
この紙面から立ち去ろうとしている。忘却の方へ発《た》とうとし
ている。

私は呼びかける。
西脇さん、
水町さん、
みんな、ここへ戻って下さい。

どのようにして戦争にまきこまれ、
どのようにして
死なねばならなかったか。
語って
下さい。

戦争の記憶が遠ざかるとき、
戦争がまた
私たちに近づく。
そうでなければ良い。

八月十五日。

眠っているのは私たち。
苦しみにさめているのは
あなたたち。
行かないで下さい　皆さん、どうかここに居て下さい。

崖

戦争の終り、
サイパン島の崖の上から
次々に身を投げた女たち。

美徳やら義理やら体裁やら
何やら。
火だの男だのに追いつめられて。

とばなければならないからとびこんだ。
ゆき場のないゆき場所。
（崖はいつも女をまっさかさまにする）

それがねえ
まだ一人も海にとどかないのだ。
十五年もたつというのに
どうしたんだろう。
あの、
女。

赤い紙の思い出

私たちは恐れました
一枚の赤紙が
家にくばられることを

恐れはやがて現実となって
たくさんの家庭をおとずれ
赤い紙は連れ去りました
男を

女は歌をうたって
勇ましく送り
多くの男は
ふたたび帰りませんでした

赤い紙のこなくなった玄関で
子供たちが遊んでおります

年とった女たちは
ふと、不安にかられます
ほんとうに
もうあの紙は来ないだろうか？

もしかして
今日舞い込んだ白い紙が
あの赤い紙の親類ではないのかと

いじわるの詩

お義母さん
これはあなたの家庭です
この家にひと組の夫婦
人間のいとなみを持つものは
もう働くことの出来ない私の父と、あなただけ。
私は働いてあなた達ふたりと
失業の弟ふたりを養うが
これは私の家庭ではない。

この家に必要なのは
もはや私ではなく、私の働き
この家の中に私はこうして坐っているが
月給をいれた袋のよう
私の風袋から紙幣を除くと何もないのだ
この心のむなしさ。
お義母さん
これはあなたの家庭です。

その夜

女ひとり
働いて四十に近い声をきけば
私を横に寝かせて起こさない
重い病気が恋人のようだ。

どんなにうめこうと
心を痛めるしたしい人もここにはいない
三等病室のすみのベッドで

貧しければ親族にも甘えかねた
さみしい心が解けてゆく、

あしたは背骨を手術される
そのとき私はやさしく、病気に向かっていう
死んでもいいのよ

ねむれない夜の苦しみも
このさき生きてゆくそれにくらべたら
どうして大きいと言えよう
ああ疲れた
ほんとうに疲れた

シーツが
黙って差し出す白い手の中で
いたい、いたい、とたわむれている
にぎやかな夜は
まるで私ひとりの祝祭日だ。

貧乏

私がぐちをこぼすと
「がまんしておくれ
じきに私は片づくから」と
父はいうのだ
まるで一寸した用事のように。

それはなぐさめではない
脅迫だ　と
私はおこるのだが、

去年祖父が死んで
残ったものはたたみ一畳の広さ、
それがこの狭い家に非常に有効だった。

私は泣きながら葬列に加わったが
親類や縁者
「肩の荷が軽くなったろう」

と、なぐさめてくれた、
それが、誰よりも私を愛した祖父への
はなむけであった。

そして一年
こんどは同じ半身不随の父が
病気の義母と枕を並べ
もういくらでもないからしんぼうしてくれ
と私にたのむ、

このやりきれない記憶が
生きている父にとってかわる日がきたら

もう逃げられまい
私はこの思い出の中から。

家

夕刻
私は国電五反田駅で電車を降りる。
おや、私はどうしてここで降りるのだろう
降りながら、そう思う
毎日するように池上線に乗り換え
荏原中延で降り
通いなれた道を歩いてかえる。

見慣れた露地
見慣れた家の台所
裏を廻って、見慣れたちいさい玄関
ここ、
ここはどこなの？
私の家よ
家って、なあに？
この疑問、
家って何？

半身不随の父が
四度目の妻に甘えてくらす

このやりきれない家
職のない弟と知能のおくれた義弟が私と共に住む家。

柱が折れそうになるほど
私の背中に重い家
はずみを失った乳房が壁土のように落ちそうな

そんな家にささえられて
六十をすぎた父と義母は
むつまじく暮している、
わがままをいいながら
文句をいい合いながら

私の渡す乏しい金額のなかから
自分たちの生涯の安定について計りあっている。

この家
私をいらだたせ
私の顔をそむけさせる
この、愛というもののいやらしさ、
鼻をつまみながら
古い日本の家々にある
悪臭ふんぷんとした便所に行くのがいやになる

それで困る。

きんかくし

家にひとつのちいさなきんかくし
その下に匂うものよ
父と義母があんまり仲が良いので
鼻をつまみたくなるのだ
きたなさが身に沁みるのだ
弟ふたりを加えて一家五人
そこにひとつのきんかくし
私はこのごろ
その上にこごむことを恥じるのだ

いやだ、いやだ、この家はいやだ。

夫婦

年をとって半身きかなくなった父が
それでも、母に手をひかれれば
まるで四つん這いに近い恰好で歩くことができる。

あのひきずるような草履の音は
まだ町が明けやらぬころから
泣いたり、わめいたり、甘えたりしながら
母にすがって歩き廻る、父の足音だ。

もう絶対に立ち直ることのない
いのちのかたむきを
こごめた背中でやっと支え
けれど、まだすさまじい何ものかへの執着が
父をいらだたせ、母の手をさぐらせている。

あの足音
ずる、ずる、とひきずる草履の音。

自分たちが少しでも安楽に生きながらえるため
一生かかって貯めたわずかな金を大事にしている

そして父は、もう見栄も外聞もかまわず
粗末な身なりで歩く
道ですれ違えば
これが親か、と思うような姿で。

その父と並んで
義母も町を歩いている。
買物袋を片手に、父の手をひき
父の速度にあわせて、母は歩くのだ、
人が振り返ろうと心にもとめず
まるでふたりだけの行く道であるかのように。

夫婦というものの
ああ、何と顔をそむけたくなるうとましさ
愛というものの
なんと、たとえようもない醜悪さ。

この不可思議な愛の成就のために
この父と義母のために
娘の私は今日も働きに出る、
乏しい糧を得るために働きに出る。

ずるずるっ、と地を曳くような
地にすべりこむような

あの、父の草履の音
あの不可解な生への執着、
あの執着の中から私は生まれてきたのか。

やせて、荒れはてた母の手を
ただひとつの希望のように握りしめて
歩きまわる父、
あのかさねられた手の中にあるものに
また、私もつながれ
ひきずられてゆくのか。

私の日記

朝です
ふすまひとつへだてた、一軒の家の中で
唯、身を横たえて生きている父と、隣り合っている
親子、という緊密な
しかも世代をわかつ二人の人間の間隔が
わずか二、三メートルの差であることを見せられるのは
何という気味の悪さでしょう。

おおいやだ
あの声、タカコオシッコ、という泣き声
あの残された甘やかなもの

幼児の愛らしさと同居しているあの言葉
あの言葉の中のどこに
六十年の歳月があろう?
どれだけの成長があろう?
老いつかれた父の唇にのぼる
あまりに稚拙な生理の表白。

おおその言葉のように
私も父と同居だ
私は今、かろうじて若く
手も足も自分の自由になり
半身不随の父の苦しみを知るよしもない
そのへだたりが僅か二、三メートルであることを
私は見るのだ
私の一生かけた成長のあとが
あの稚拙さで終る日がふすまをへだててありありと見えるのだ。

落語

世間には
しあわせを売る男、がいたり
お買いなさい夢を、などと唄う女がいたりします。

商売には新味が大切
お前さんひとつ、苦労を売りに行っておいで
きっと儲かる。

じゃ行こうか、と私は
古い荷車に
先祖代々の墓石を一山
死んだ姉妹のラブ・レターまで積み上げて。

さあいらっしゃい、お客さん
どれをとっても
株を買うより確実だ、
かなしみは倍になる
つらさも倍になる
これは親族という丈夫な紐
ひと振りふると子が生まれ

ふた振りで孫が生まれる。
やっと一人がくつろぐだけの
この座布団も中味は石
三年すわれば白髪になろう、
買わないか？

金の値打ち
品物の値打ち
卒業証書の値打ち
どうしてこの界隈《かいわい》では
そんな物ばかりがハバをきかすのか。

無形文化財などと
きいた風なことをぬかす土地柄で
貧乏のネウチ
溜息のネウチ
野心を持たない人間のネウチが
どうして高値を呼ばないのか。

四畳半に六人暮す家族がいれば
涙の蔵が七つ建つ。

うそだというなら
その涙の蔵からひいてきた

小豆は赤い血のつぶつぶ。
この汁粉　飲まないか？
一杯十円、
寒いよ今夜は、
お客さん。

どうしても買わないなら
私が一杯、
ではもう一杯。

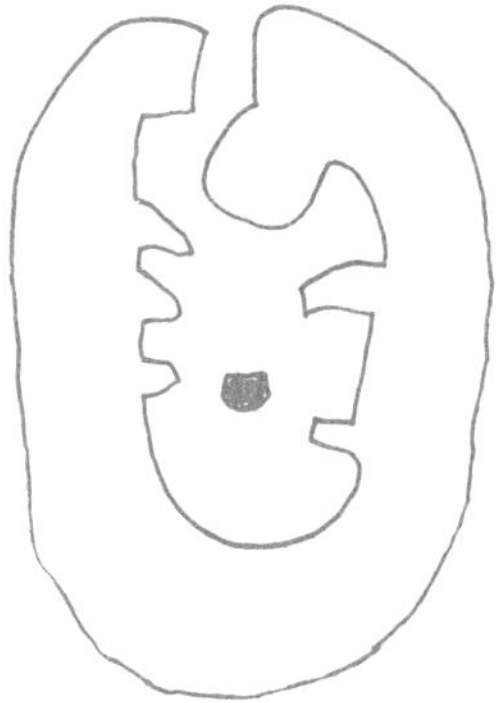

すべては欲しいものばかり

ナンニモイラナイ
なんにもいらない
何にもいらない

三遍となえて
おじぎする

欲ばりおりんの
朝のお経

ナンにもいらない
なんにもいらない
なんにもいらない

三べんうたって
恋をする

ものほしそうな
おりんのねごと

なんにもいらない
なんにもいらない
なんにもいらない

三べんつぶやき
はしをとる

いらないおりんの
くいしんぼう

いらないはずのべべをきて

いらないはずの年とって
いのちひとつをもてあます
そのゆたかさをもてあます

ああいらない
なんにもいらない
いりません。

シコタマ節

あんまり　びんぼうしたもので
シコタマシコタマ
ためこんだ
お金ばっかり　ためこんだ。

あんまり　お金をためたので
シコタマシコタマ
なくなした
海山千里　たましいも。

あんまり　ひとを働かせ
シコタマシコタマ
苦しめた
あげくのはての　ハンエイだ。

あんまり　みんなあくせくと
シコタマシコタマ
がまんして
世界じゃエンキリ　切り上げられた。

くらし

食わずには生きてゆけない。
メシを
野菜を
肉を
空気を
光を
水を
親を

きょうだいを
師を
金もこころも
食わずには生きてこれなかった。
ふくれた腹をかかえ
口をぬぐえば
台所に散らばっている
にんじんのしっぽ
鳥の骨
父のはらわた
四十の日暮れ
私の目にはじめてあふれる獣の涙。

私の前にある鍋とお釜と燃える火と

それはながい間
私たち女のまえに
いつも置かれてあったもの、

自分の力にかなう
ほどよい大きさの鍋や

お米がぷつぷつとふくらんで
光り出すに都合のいい釜や
劫初からうけつがれた火のほてりの前には
母や、祖母や、またその母たちがいつも居た。

その人たちは
どれほどの愛や誠実の分量を
これらの器物にそそぎ入れたことだろう、
ある時はそれが赤いにんじんだったり
くろい昆布だったり
たたきつぶされた魚だったり

台所では
いつも正確に朝昼晩への用意がなされ
用意のまえにはいつも幾たりかの
あたたかい膝や手が並んでいた。

ああその並ぶべきいくたりかの人がなくて
どうして女がいそいそと炊事など
繰り返せたろう？
それはたゆみないいつくしみ
無意識なまでに日常化した奉仕の姿。

炊事が奇しくも分けられた

女の役目であったのは
不幸なこととは思われない、
そのために知識や、世間での地位が
たちおくれたとしても
おそくはない
私たちの前にあるものは
鍋とお釜と、燃える火と

それらなつかしい器物の前で
お芋や、肉を料理するように
深い思いをこめて
政治や経済や文学も勉強しよう、

それはおごりや栄達のためでなく
全部が
人間のために供せられるように
全部が愛情の対象あって励むように。

洗たく物

私どもは身につけたものを
洗っては干し
洗っては干しました。
そして少しでも身ぎれいに暮らそうといたします。
ということは
どうしようもなくまわりを汚してしまう

生きているいのちの罪業《さいごう》のようなものを
すすぎ、乾かし、折りたたんでは
取り出すことでした。
雨の晴れ間に
白いものがひるがえっています。
あれはおこないです。
ごく日常的なことです。
あの旗の下にニンゲンという国があります。
弱い小さい国です。

儀式

母親は
白い割烹着の紐をうしろで結び
板敷の台所におりて
流しの前に娘を連れてゆくがいい。

洗い桶に
木の香のする新しいまないたを渡し

鰹でも
鯛でも
鰈《かれい》でも
よい。
丸ごと一匹の姿をのせ
よく研いだ庖丁をしっかり握りしめて
力を手もとに集め
頭をブスリと落とすことから
教えなければならない。
その骨の手応えを
血のぬめりを
成長した女に伝えるのが母の役目だ。

パッケージされた肉の片々《へんぺん》を材料と呼び
料理は愛情です、
などとやさしく諭すまえに。
長い間
私たちがどうやって生きてきたか。
どうやってこれから生きてゆくか。

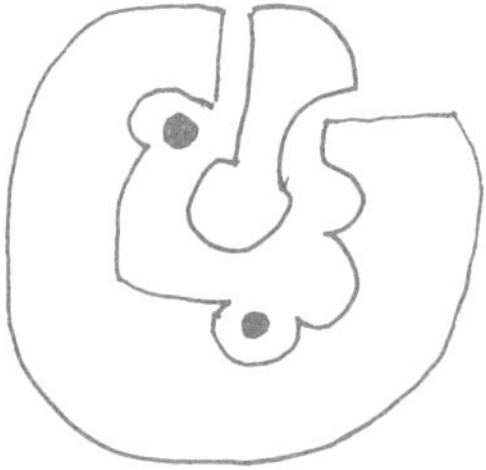

脊椎の水

脊椎というところには
きれいな水がありました。
私は知らなかったのです
医者がちいさな試験管にとり出してみせるまで、
そんな美しい、川の流れのようなものが
私のからだの中にあろうとは。

そこには魚も生きていて
小石や岩が沈み、草も生えているでしょうか
子供が舟を浮かべたり
女たちがせんたくにくるでしょうか
それは川のように
ふるさとの川のように。

そうです、ふるさとの川でした
もしも病気がなおったら、起きて歩けるようになったら汽車に
　乗ってゆきましょう
むかしから流れてきた
父母の背中も通ってきたふるさとの川の水です。

レモンとねずみ

きのう買っておいた
サンキストレモンの一個がみつからない
どうやらねずみがひいて行ったらしい。

今ごろ　黒い毛並のチビが
つやつや光る黄色い果実をかかえこんで
つぶらな眼をキョロリと光らせていることを思うと
狭い我が家の天井裏が宮殿のようだ。

木枯が　玄関から台所に
こっそりぬけてゆくような
侘しい私の暮しむき

強い雨が降れば
したたかにもる屋根の下で
ながいこと親しむことを知らない
いじらしい同居人が
美しいものを盗んで行った。

（おお、私も身にあまるものを抱えこんでみたい）

今宵　頭上の
暗い、ほこりまみれの場所に
星のような灯がさんぜんとともるのを
私は見た。

用意

それは凋落であろうか
百千の樹木がいっせいに満身の葉を振り落すあのさかんな行為

太陽は澄んだ瞳を
身も焦がさんばかりに灑ぎ
風は枝にすがってその衣をはげと哭く

そのとき、りんごは枝もたわわにみのり
ぶどうの汁は、つぶらな実もしたたるばかりの甘さに
　　重くなるのだ

秋
ゆたかなるこの秋
誰が何を惜しみ、何を悲しむのか
私は私の持つ一切をなげうって
大空に手をのべる
これが私の意志、これが私の願いのすべて！

空は日毎に深く、澄み、光り
私はその底ふかくつきささる一本の樹木となる

それは凋落であろうか、

いっせいに満身の葉を振り落す
あのさかんな行為は――

私はいまこそ自分のいのちを確信する
私は身内ふかく、遠い春を抱く
そして私の表情は静かに、冬に向かってひき緊《しま》る。

空をかついで

肩は
首の付け根から
なだらかにのびて。
肩は
地平線のように
つながって。
人はみんなで
空をかついで

きのうからきょうへと。
子どもよ
おまえのその肩に
おとなたちは
きょうからあしたを移しかえる。
この重たさを
この輝きと暗やみを
あまりにちいさいその肩に。
少しずつ
少しずつ。

かなしみ

私は六十五歳です。
このあいだ転んで
右の手首を骨折しました。
なおっても元のようにはならないと
病院で言われ
腕をさすって泣きました。

「お父さん
お母さん
ごめんなさい」
二人とも
とっくに死んでいませんが
二人にもらった体です。
いまも私はこどもです。
おばあさんではありません。

シジミ

夜中に目をさました。
ゆうべ買ったシジミたちが
台所のすみで
口をあけて生きていた。

「夜が明けたら
ドレモコレモ
ミンナクッテヤル」

鬼ババの笑いを
私は笑った。
それから先は
うっすら口をあけて
寝るよりほかに私の夜はなかった。

花

夜ふけ、ふと目をさました。

私の部屋の片隅で
大輪の菊たちが起きている
明日にはもう衰えを見せる

この満開の美しさから出発しなければならない
遠い旅立ちを前にして
どうしても眠るわけには行かない花たちが
みんなで支度をしていたのだ。

ひそかなそのにぎわいに。

村

ほんとうのことをいうのは
いつもはずかしい。

伊豆の海辺に私の母はねむるが。
少女の日
村人の目を盗んで
母の墓を抱いた。

物心ついたとき
母はうごくことなくそこにいたから
母性というものが何であるか
おぼろげに感じとった。

墓地は村の賑わいより
もっとあやしく賑わっていたから
寺の庭の盆踊りに
あやうく背を向けて
ガイコツの踊りを見るところだった。

叔母がきて
すしが出来ている、というから
この世のつきあいに
私はさびしい人数の
さびしい家によばれて行った。

母はどこにもいなかった。

太陽の光を提灯にして

私たち　太陽の光を　提灯にして
天の軌道を　渡ります。
おそろしいほど深い　宇宙の闇です。
人間は　半交替で　眠ります。

一日背負っている　生きているいのちの重みは
もしかしたら　地球の重みかもわかりません。
やがて　子供たちが　背負うでしょう
海山美しい　この星を。
ひとりひとり　太陽の光を　提灯にして
天の軌道を　渡るでしょう。

幻の花

庭に
今年の菊が咲いた。

子供のとき、
季節は目の前に
ひとつしか展開しなかった。

今は見える
去年の菊。

おとしの菊。
十年前の菊。

遠くから
まぼろしの花たちがあらわれ
今年の花を
連れ去ろうとしているのが見える。
ああこの菊も！

そうして別れる
私もまた何かの手にひかれて。

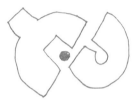

石垣さん

谷川俊太郎

何度も会ったのに
親しい言葉もかけて貰ったのに　石垣さん
私は本当のあなたに会ったことがなかった
きれいな声の　優しい丸顔のあなたが
何かを隠していたとは思わない
あなたは詩では怖いほど正直だったから

十二月二三日　死の三日前
弟さんと一緒にあなたは明るい病室にいた

細かい縞のミッソーニのパジャマが似合って
いつものように少女のようにはにかんで
見舞いを喜びながらしきりに恐縮していたが
それも本当のあなたではなかったのか

茨木のり子さんと二人で過度の謙遜や遠慮は
ときに傲慢に通ずると苦情を言ったのだが
仮借なく辛辣な詩の中の自分を
恥じながらあなたは主張していた
全生涯がこめられたその不思議な眼差しで
そこに本当のあなたがいたのかもしれない

贈られた詩集が１ＤＫいっぱいに積まれ

その詩の山をベッドにあなたは夜毎眠ったとか
家の　血縁の悪夢から詩へと目覚めて
だがその先にあるもっと新しい朝は
もうこの世にはないことに
あなたは気づいていたに違いない

本当のあなたには会えなかったが
詩の中のあなたにはいつでも会える
その喜びと痛みを　石垣さん
私たちは決して失うことはないだろう

二〇〇五年二月七日

弔辞

茨木のり子

石垣さん、
とうとうこんな日がやってきてしまいました。
私の方が先、とばかり思っていましたのに。

ひとつのピリオドが打たれた今、改めて
あなたの生涯がくっきりと浮かびあがってくるのを
感じています。

高等小学校を卒業したのち、御両親は、
実践女学校への進学を奨めましたが、

それを蹴って、興業銀行への就職を決めました。
働いたお金で自由に本を買い、詩の投稿もしたい
という願いからでした。
昭和九年、十四才ぐらいで、自分の進路を自分で
決めたという、意志の力に、今更ながら驚きます。
しかも短歌や俳句ではなく、まっすぐに詩だった
ということにも。
戦争を挟み、空襲で家は丸焼け、いつのまにか
一家で一番の働き手になってゆきましたが
そのせいもあったでしょうか、一生独身を貫きました。
いろんな理由があったにしろ、そこにも
あなたの強い意志を感じます。
いさぎよいです。

詩の世界でも、現代詩の潮流とは無縁で、
むしろ、まったく逸《そ》れたところで御自分の詩を書き継《つ》いで
こられました。
若い頃の詩には、あえかで美しく、幻想的な作品も
多くみられ、それも好きですが、なんといっても
あなたのピークを成しているのは、『表札など』
という詩集です。
この詩集を頂いたとき、心臓を鷲づかみされたような
どきどき感がありました。「詩はこうでなくっちゃ……」
と思った日のことを鮮明に覚えております。
あなたの人生は、この世の通念や常識には従わず、
いわばこの世のアンチテーゼを生き抜いたのですね。

それも肩肘張ったものではなく、声高なものでもなく、いたってつつましく、愛らしく、御自分のライフスタイルを創りあげたのです。

とりわけ面白く思うのは、学歴社会のなかにあって、詩と学歴とは何の関係もないということを、身をもって実証してくれたことです。

高等小学校卒のあなたが、大学卒の詩人たちよりも抜きん出てすばらしい詩を書いたのは、まったく痛快な眺めでありました。

詩には限らず、こののちも、自己表現、自己発信を志している若者たちに大きな勇気を与えつづけてくれるでしょう。

もっとも、あなたの学歴以上の自己鍛錬の長い長い歳月も見落してほしくはないのですけれど。

石垣さん、私たちはずいぶん喧嘩もしましたよね。
あなたが仕掛け、私が受けて立つ形でしたが、
相手に荒々しくぶつかり、組んずほぐれつしたかった
性癖は、そのみなもとを探ってゆくと、あなたの抱えていた
深い寂寥感に辿りつくようです。
喧嘩の結果は、お相撲で言ったら、私の負け越しでした。
「あら、何言ってるの、その反対でしょ」という声が
今聞こえたような気がしますが、
ともあれ、三十年間、お互いに信頼できる友人として、
最後の最後まで、しっかりつきあえたことを感謝します。

亡くなられた次の日―というのは、昨年の暮、十二月二十七日になりますが、あなたは夢にあらわれました。亡き人が次の日にあらわれるという経験は、私にとって初めてのことです。

目覚めて、はっきりと、お別れの挨拶に来てくれたのだと確信できました。

長目の真白なコートを着て、ベレーを被り、はればれとしたお顔でした。

病んだからだを脱ぎすてて、すっと魂だけになって旅にでも出かけるような風情《ふぜい》でした。

生きている私たちの、誰一人として知らない、新しい未知の旅ですね。

今日は、あなたとえにし深かった人たちが沢山見送りにいらしています。

「もったいなくて、おろおろするわ」なんて言わないで、いつものように快活に手を振って下さい。

さようなら、石垣さん。

好きだった道草をくいながら、ゆったりときままな佳き旅をどうぞ。

二〇〇五年二月七日

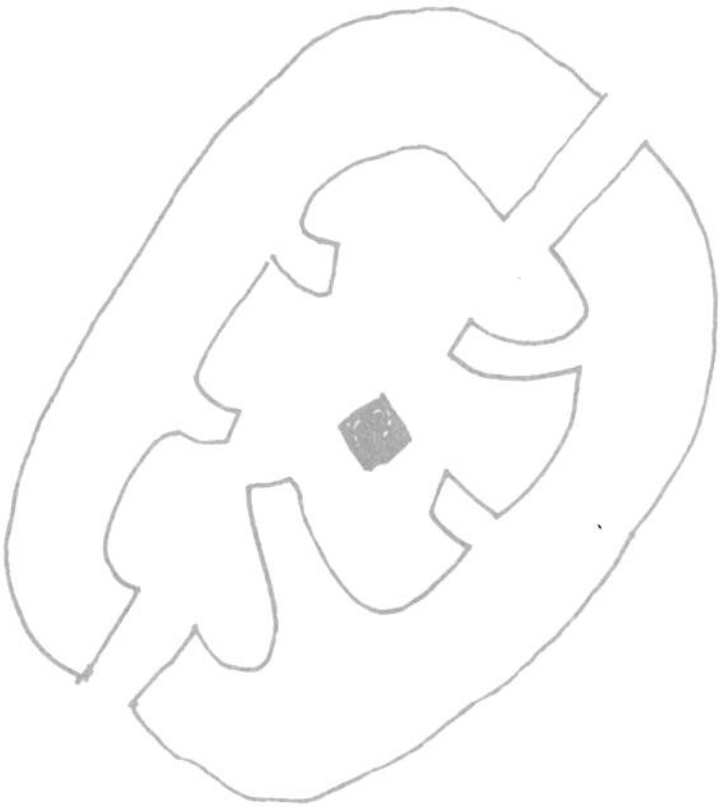

石垣りん小伝

編者　田中和雄

石垣りんさんは、子どものときから詩を書くことが好きでした。近所の子どもとも遊ばずに、ひとりむっつり詩を書いているのです。小学校で書いた作文が担任の先生に褒められて火がつきました。見よう見まねで詩を書き、夢路りん子などのペンネームで「少女画報」「女子文苑」に投稿。味をしめます。

そこで、早く社会に出てお金を稼げば、誰からも邪魔されず詩を書いていられると考えたのでした。

父親が知人にりんさんを紹介する決まり文句が「これが上の娘です。気まま者です」というのでした。周囲に気がねせず、自分の思いどおりに生きていくしっかり者という父の自慢をうすうす感じとっていました。自身のエッセーで「私の本性はたいへん気まま、わがままに出来ているようです。私は私であるがままにずっと生きて行きたかったろう、と思います」（「ユーモアの鎖国」北洋社「試験管に入れて」より）

高等小学校を卒業すると、親の進学の奨めを蹴って、日本興業銀行に就職。念願の初任給十八円をゲットしました。りんさん十五歳でした。お金持ちになりたいも、有名な詩人になりたいもありません。ただひたすら詩を書きたい、の一心でした。人が生涯かけて追い求める自己実現の道を、りんさんは幼くして見つけてしまったのです。

赤坂の生家はアメリカの爆撃機B29の空襲で丸焼けになります。りんさんが二十五歳のときです。そのあと品川中延に借家をしました。六畳と四畳半、玄関先の三畳、半間の台所と汲取式の便所に、病気の父と四人目の母、祖父と無職の弟二人を養う生活が始まります。

りんさんの城は、玄関を上がった三畳間の小さな座卓一つでした。家族が寝静まったあとが、りんさんの唯一黄金の時間です。自身に寄せられる無学歴、未婚などへの誹り、稼ぎのない肉親たちへの愛憎と自己嫌悪ものかは、それらさえも詩作の糧にしてしまうしたたかさを発揮し、「表札」など文学史に遺る名詩を生みました。

祖父と父の死後、処女詩集「私の前にある鍋とお釜と燃える火と」を上梓。りんさん三十九歳でした。以後、「表札など」「略歴」「やさしい言葉」が生まれました。

そして五十歳になって、銀行が建てた新築のマンションの1DKを買って一人暮らしを始めました。六畳と三畳のダイニングキッチン、浴室と洗面所、水洗トイレという夢の御殿でした。が後年この御殿は、ゴミ屋敷ならぬカミ屋敷へと変容します。

領収書、給料袋、デパートの包み紙、手紙、賀状、はもとより、詩の同人誌、文春、新聞等の自作詩掲載紙誌などが、綺麗に紐でくくられ、六畳に敷きつめられ、高さ五十センチに及び、その上に敷布団を敷いて、それが天空のベッドなのでした。

昇るには紙包みで階段をつけ、降りるときはなだらかなスロープをしつらえて古タオルで滑り降りる、まるでウォーターシュートで「ワー」と叫ぶの！　と手まね足まねもまじえて大さわぎになりました。

茨木さんは一人苦虫をかみつぶします。だれもがりんさんの話がほんとうだとは思いませんでしたが、死後１ＤＫの扉を開けた編者は、カミ屋敷の惨状に思わず大きくうなずきました。

五十歳で一人暮らしになってから死ぬまでの三十四年間、りんさんは詩を書かなくなりました。まるで憑き物が落ちたようでした。

編者は晩年に茨木のり子さんの紹介でりんさんの詞華集「空をかついで」を出版しそのご縁で、亡くなるまでの七年を吉祥寺のフランス料理屋、神楽坂や荻窪の韓国料理屋で遊びました。もちろん割勘で。メンバーはりんさん茨木さん、田中と田中の妻みらいなで四人会と称して月をおかず集りました。

話題はいつもりんさんの行状記でした。幼女の折に父親が評した「気まま者」に茨木さんがかみつきました。「〝気まま者〟というのはすこし品が良すぎるんじゃございません？　石垣さんに似合うのなら、〝気ままもん〟でしょう」とにべもなく呟いて大爆笑。つづけて「それも筋金入りのホンマモンね」とかぶせて、石垣りんイコール気ままもんが定着したのでした。

八十四歳で脳梗塞を患いますが小康を得て、念願の杉並区の浴風会病院に入ります。同じ敷地の浴風園には最愛の弟利治さんが入園していて「さいごのさいごは利治と過したい」と譫言のようにくり返していたのを、谷川俊太郎さんが聞きつけて、紹介状を書くという一幕もありました。

そして利治さんと再会を果たし、やれ嬉しや、手をとりあって散策を楽しみますが束の間、二十日後に風邪を患いそのままあっというまに亡くなってしまいました。まさに気ままもんの真骨頂でした。

りんさんは、自由奔放に詩を書いた岸田衿子さんの詩を枕にしたエッセーのなかで

「いまとなってみれば、国や家や職場といった周囲の状況に支配されながらも、精一杯生きてきた、ささやかながらしたいことだけは確実にして来たのだ、あれが遊びでなくて何であろう、と思います。つまりは夢中、遊びという言葉がぴったり当てはまってきます」と書いています。(「詩の中の風景」婦人之友社「手をふるもの」より)

詩を書くことも、銀行勤めも、一家六人の暮しを支えたことも、カミ屋敷で遊んだことも、あっという間に姿を消したことも、すべては遊びのなせる表現ではなかったかと思わせます。

梁塵秘抄の冒頭句が浮かんできます。
——遊びをせんとや生まれけむ
　戯れせんとや生まれけん
石垣りんさんの生涯とは「表札」の終連に尽きると思います。
——石垣りん
　それでよい

花「表札など」
村「略歴」
太陽の光を提灯にして「やさしい言葉」
幻の花「表札など」
石垣さん（谷川俊太郎）2005年2月7日「さよならの会」で朗読
弔辞（茨木のり子）2005年2月7日「さよならの会」で
山根基世氏代読

『私の前にある鍋とお釜と燃える火と』書肆ユリイカ 1959年
／花神社 1988年／童話屋 2000年
『表札など』思潮社 1968年・2008年／花神社 1989年
／童話屋 2000年
『略歴』花神社 1979年・1987年／童話屋 2001年
『やさしい言葉』花神社 1984年・1987年／童話屋 2002年
『レモンとねずみ』童話屋 2008年

出典一覧

表札「表札など」
雪崩のとき「私の前にある鍋とお釜と燃える火と」
挨拶「私の前にある鍋とお釜と燃える火と」
弔詞「表札など」
崖「表札など」
赤い紙の思い出「レモンとねずみ」
いじわるの詩「レモンとねずみ」
その夜「私の前にある鍋とお釜と燃える火と」
貧乏「私の前にある鍋とお釜と燃える火と」
家「私の前にある鍋とお釜と燃える火と」
夫婦「私の前にある鍋とお釜と燃える火と」
私の日記「レモンとねずみ」
落語「表札など」
すべては欲しいものばかり「レモンとねずみ」
シコタマ節「レモンとねずみ」
くらし「表札など」
私の前にある鍋とお釜と燃える火と
「私の前にある鍋とお釜と燃える火と」
洗たく物「略歴」
儀式「略歴」
脊椎の水「レモンとねずみ」
レモンとねずみ「レモンとねずみ」
用意「私の前にある鍋とお釜と燃える火と」
空をかついで「略歴」
かなしみ「レモンとねずみ」
シジミ「表札など」

年譜

一九二〇（大正九）
二月二十一日、父仁、母すみの長女として東京赤坂に生まれる。家族は他に祖父弥八、祖母さく。家業薪炭商。

一九二二（大正十一）　二歳
弟達雄生まれる。

一九二四（大正十三）　四歳
妹さく生まれる。母すみ死去。

一九二五（大正十四）　五歳
仲之町小学校付属幼稚園に入園。一人で通えず、祖母と弟が弁当持参で付き添った。

一九二六（大正十五・昭和元）　六歳
仲之町尋常小学校入学。学校へ行くのがいやで泣いて困らせた。祖母さく死去。

一九二七（昭和二）　七歳
父亡妻の妹きくと再婚。

一九二九（昭和四）　九歳
母きく死去。

一九三〇（昭和五）　十歳
父、妻すづと再婚。

一九三一（昭和六）　十一歳
妹初江生まれる。

一九三二（昭和七）　十二歳
赤坂高等小学校入学。氷川図書館に通う。詩集を読み、詩を書いた。

一九三三（昭和八）　十三歳
妹蔦子生まれる。

一九三四（昭和九）　十四歳
日本興行銀行に就職。投稿（「少女画報」「女子文苑」）。ペンネームは、夢路りん子、御空ゆき、青空美加。

一九三五（昭和十）　十五歳
弟利治生まれる。

一九三七（昭和十二）　十七歳
父、すづと離婚。

一九三八（昭和十三）　十八歳
父、妻隆子を迎える。

一九四一（昭和十六）　二十一歳
太平洋戦争開戦。

一九四三（昭和十八）　二十三歳
弟達雄出征。

一九四五（昭和二十）　二十五歳
空襲で家屋全焼。敗戦。品川の路地裏にある十坪の借家に、家族六人が集まる。

一九五〇（昭和二十五）　三十歳
職員組合執行部常任委員になる。

一九五一（昭和二十六）　三十一歳
アンソロジー『銀行員の詩集』（一九五一年版）全国銀行従業員組合連合会刊行。選者壺井繁治、大木惇夫両氏。「原子童話」「用意」「白いものが」「よろこびの日に」四篇収録。

一九五二（昭和二十七）　三十二歳

『銀行員の詩集』（一九五二年版）伊藤信吉、野間宏両氏により「祖国」「私の前にある鍋とお釜と燃える火と」ほか二篇選ばれる。

一九五三（昭和二十八）　三十三歳

祖父弥八死去。

一九五四（昭和二十九）　三十四歳

職員組合執行部常任委員。

一九五七（昭和三十二）　三十七歳

父仁死去。

一九五八（昭和三十三）　三十八歳

椎間板ヘルニアにて手術。

一九五九（昭和三十四）　三十九歳

第一詩集『私の前にある鍋とお釜と燃える火と』書肆ユリイカ刊。

一九六八（昭和四十三）　四十八歳

詩集『表札など』思潮社刊。

一九六九（昭和四十四）　四十九歳

『表札など』第十九回H氏賞受賞。

一九七〇（昭和四十五）　五十歳

東海テレビ制作ドキュメンタリー「あやまち――一九七〇年夏・四日市」に詩を書く。大田区南雪谷アパートに引っ越す。一人暮らしとなる。

一九七一（昭和四十六）　五十一歳

『現代詩文庫46　石垣りん詩集』思潮社刊。

第一、第二詩集の全詩及び「構成詩あやまち」、未刊詩篇等を収録。
一九七二（昭和四十七）　五十二歳
『石垣りん詩集』第十二回田村俊子賞受賞。
一九七三（昭和四十八）　五十三歳
散文集『ユーモアの鎖国』北洋社刊。
一九七四（昭和四十九）　五十四歳
母隆子死去。
一九七五（昭和五十）　五十五歳
日本興業銀行を定年退職。
一九七九（昭和五十四）　五十九歳
詩集『略歴』花神社刊。第四回地球賞受賞。
一九八〇（昭和五十五）　六十歳
散文集『焔に手をかざして』筑摩書房刊。
一九八三（昭和五十八）　六十三歳
『現代の詩人5　石垣りん』中央公論社刊。
一九八四（昭和五十九）　六十四歳
詩集『やさしい言葉』花神社刊。
一九八九（昭和六十四・平成元）　六十九歳
弟達雄死去。散文集『夜の太鼓』筑摩書房刊。
一九九二（平成四）　七十二歳
文庫『焔に手をかざして』筑摩書房刊。編著『詩の中の風景』婦人之友社刊。
一九九七（平成九）　七十七歳
選詩集『空をかついで』童話屋刊。
一九九八（平成十）　七十八歳

文庫『石垣りん詩集』角川春樹事務所刊。

二〇〇〇（平成十二）　八十歳
『表札など』、『私の前にある鍋とお釜と燃える火と』童話屋より再刊。ＮＨＫニュース番組「おはよう日本」に出演。

二〇〇一（平成十三）　八十一歳
『略歴』童話屋より再刊。

二〇〇二（平成十四）　八十二歳
『やさしい言葉』童話屋より再刊。

二〇〇四（平成十六）　八十四歳
脳梗塞で都立荏原病院入院。選詩集『宇宙の片隅で』理論社刊。浴風会病院へ転院。同所に入園する弟利治と再会。十二月二十六日、心不全のため死去。享年八十四。

二〇〇五（平成十七）
両親の眠る南伊豆町西林寺へ納骨。お茶の水・山の上ホテルにて「さよならの会」。参加者およそ三〇〇人。

二〇〇八（平成二十）
未刊詩四〇篇を収めた選詩集『レモンとねずみ』童話屋刊。

二〇〇九（平成二十一）
静岡県南伊豆町に「石垣りん文学記念室」開設。『石垣りん詩集　挨拶――原爆の写真によせて』岩崎書店刊。

二〇一五（平成二十七）
文庫『石垣りん詩集』岩波書店刊。

二〇二一（令和三）
『石垣りん詩集　表札』童話屋刊。

本詩集の表記は、今の読者に読みやすくすることを考えて、
新かなづかいにかえたことを、おことわりしておきます。

童話屋の本はお近くの書店でお買い求めいただけます。
弊社へ直接ご注文される場合は
電話・FAXなどでお申し込みください。
電話 03-5305-3391　FAX 03-5305-3392

石垣りん詩集　表札

二〇二一年八月二二日初版発行
二〇二一年九月一〇日第2刷発行
詩　石垣りん
発行者　岡充孝
発行所　株式会社　童話屋
〒166-0016　東京都杉並区成田西二一五一八
電話〇三一五三〇五一三三九一
製版・印刷・製本　株式会社　精興社
NDC九一一・一六〇頁・一五センチ

落丁・乱丁本はおとりかえいたします。

Poems © Rin Ishigaki 2021
ISBN978-4-88747-143-6